Pequeños EXPERTOS EN ecología

Little ECO EXPERTS

Acciones para cuidar el planeta/Ways to Take Care of the Planet

Traducido por/
Translated by
Diana Osorio

Como ser guardianes del planeta

How to be guardians of the planet

PowerKiDS press

Published in 2023 by PowerKids, an Imprint of Rosen Publishing
29 East 21st Street, New York, NY 10010

Cataloging-in-Publication Data
Names: Editorial Sol 90 (Firm).
Title:Acciones para cuidar el planeta / Ways to Take Care of the Planet / by the editors at Sol90.
Description: New York : Powerkids Press, 2023. Series: Pequeños expertos en ecologia / Little Eco Experts
Identifiers: ISBN 9781725337602 (library bound) ISBN 9781725337619 (ebook)
Subjects: LCSH: Environmental protection--Citizen participation--Juvenile literature. Environmental responsibility--Juvenile literature. Environmentalism--Juvenile literature.
Classification: LCC GE195.5 W397 2023 DDC 333.72--dc23

Coordination: Nuria Cicero
Editor: Alberto Hernández
Editor, Spanish: Diana Osorio
Layout: Àngels Rambla
Design Adaptation: Raúl Rodriguez, R studio T, NYC
Project Team: Vicente Ponce, Rosa Salvía, Paola Fornasaro
Scientific Advisory Services: Teresa Martínez Barchino

Imaging and infographics:
www.infographics90.com
Firms: Getty/Thinkstock, AGE Fotostock, Cordon Press/Corbis, Shutterstock.

Manufactured in the United States of America

CPSIA Compliance Information: Batch #CSPK23. For Further Information contact Rosen Publishing, New York, New York at 1-800-237-9932.

CONTENIDO

CONTENTS

UN AZUL Y HABITABLE PLANETA

A la Tierra se le conoce como el “Planeta azul” por el color de los océanos que cubren dos terceras partes de su corteza. Además, es el único de los planetas que posee agua líquida en su superficie.

La Tierra no está ni muy cerca ni muy lejos del Sol. Por eso, las temperaturas son templadas y facilitan la vida tal como la conocemos.

Moderate temperatures make life easier

Las áreas verdes de la Tierra son los bosques y las selvas, ecosistemas necesarios para la regeneración del oxígeno.

Forests and jungles regenerate oxygen

A BLUE AND LIVING PLANET

Earth is known as the "Blue Planet" because of the color of the oceans that cover two-thirds of its crust. In addition, it is the only planet that has liquid water on its surface.

The atmosphere regulates solar radiation

La atmósfera deja pasar la luz –necesaria para que las plantas crezcan– y regula la radiación solar, reteniendo los rayos más perjudiciales.

The atmosphere also provides oxygen and carbon dioxide

Y, muy importante, la atmósfera también proporciona oxígeno y dióxido de carbono, gases indispensables para la vida.

LA DIVERSIDAD DE ECOSISTEMAS

En los paisajes que pueblan la Tierra hay diferentes ecosistemas, sistemas biológicos en los que conviven animales y plantas. Pueden ser terrestres o acuáticos. Cada uno ofrece servicios y valores que benefician al ser humano.

Polos y bosques

Los polos refrescan las temperaturas del planeta mientras que los bosques aportan el agua de la mitad de la Tierra.

Km. por ecosistema **4 mill. km2** **7 mill. km2** **10 mill. km2**

THE DIVERSITY OF ECOSYSTEMS

In the landscapes that populate Earth, there are different ecosystems; biological systems where animals and plants live together. These can be terrestrial or aquatic. Ecosystems serve and benefit human beings.

Poles and forests cool Earth's temperatures

17 mill. km2

23 mill. km2

Km. per ecosystem

Océanos y valles

Los océanos son el mayor almacén de dióxido de carbono del planeta. En contacto con la parte baja de la atmósfera, se encargan de absorber una gran parte del CO_2 que los seres humanos emitimos. En ellos viven miles de especies. En los valles hay suelos agrícolas que permiten la circulación de nutrientes en la tierra.

Km. por ecosistema 349 mill. km^2 60 mill. km2 42 mill. km2

¿SABÍAS QUE?

Nuestro planeta es único. No hay otro igual, al que nos podamos "mudar". Por eso debemos cuidarlo y conservarlo, para el beneficio de las generaciones del futuro.

Our planet is unique. There is not another one like it where we could "move" to. That is why we must take care of it and preserve it, for the benefit of future generations.

DID YOU KNOW?

Seas and valleys absorb a large part of the CO_2 that humans emit

36 mill. km2 **35 mill. km2** **Km. per ecosystem**

2 son las clases de ecosistemas principales: acuáticos y terrestres.

2 the main classes of ecosystems: aquatic and terrestrial.

UNA TIERRA PARA CUIDAR

La Tierra es un organismo vivo que está en constante transformación y evolución. Para que la vida se mantenga y la salud no decaiga, debemos cuidarla, controlar los peligros que la acechan y también preservar a todos los seres que la habitan.

Sustainable farming must be promoted

A LAND TO TAKE CARE OF

Earth is a living organism that is in a constant state of transformation and evolution. In order to keep it healthy and to keep life alive, we must take care of it, control all the threats that endanger it, and we preserve all the beings that inhabit it.

Desertification must be reversed

PELIGROS QUE DEBEMOS EVITAR

Empeorar el cambio climático

Uno de los grandes retos es evitar la intensificación del cambio climático, por sus efectos negativos sobre las temperaturas y los fenómemos naturales. ¿Cómo? Un paso importante es reducir la emisión de gases de efecto invernadero.

Not Limiting Greenhouse Gas Emissions

Dañar los hábitats

Las ciudades deben crecer de forma sustentable, cuidando la naturaleza para evitar que desaparezcan los hábitats naturales.

DANGERS THAT WE MUST AVOID

Afectar la vida salvaje

La caza y la pesca incontroladas afectan a la población de animales; pueden romper el sano equilibrio de los ecosistemas y conducir a la desaparición de las especies.

Hurting Wildlife

Damaging Habitats

PULMÓN EN PELIGRO

Pese a los esfuerzos por concienciar a la población y detener su destrucción, una quinta parte del Amazonas ya ha desaparecido. Si no se toman medidas, en dos décadas se podría perder casi la mitad de la selva.

De selva a campo

Los prenden para despejar terrenos destinados al ganado y la agricultura.

From Forest to a Field

Greenhouse Effect

Al destruir la vegetación, millones de toneladas de carbono que estaban fijadas en las plantas se convierten en dióxido de carbono, que termina en la atmósfera y agudiza el efecto invernadero.

LUNGS IN DANGER

Despite efforts to raise public awareness and stop its destruction, one fifth of the Amazon has already disappeared. If no action is taken, almost half of the forest could disappear in two decades.

Asentamientos

El desarrollo industrial atrae población que se asienta en la región con poco respeto por la naturaleza.

Human Settlements

Minería ilegal

Además de preparar terrenos para cultivos, muchas zonas vírgenes del Amazonas se han deforestado debido a la búsqueda ilegal de oro.

Illegal Mining

¿QUÉ ESTAMOS PONIENDO EN RIESGO?

Diversidad de fauna

Hay 350 especies de mamíferos, 1,000 de aves, 550 de reptiles y millones de especies de insectos viviendo en el Amazonas.

Wildlife diversity

Aves

1.000
Species

Birds

Peces

3.000
Species

Fish

Mamíferos

350
Species

Mammals

Insectos

Insects

10 mill.
Species

Reptiles

550
Species

Reptils

WHAT ARE WE PUTTING AT RISK?

Diversidad de plantas

Más del 10% de las especies vegetales conocidas en el planeta viven en la Amazonía.

Plant Diversity

Cultura

Más de 200 mil nativos indígenas que viven en la zona corren peligro. El legado cultural de las diversas etnias, incluyendo 200 lenguas diferentes, está amenazado.

Culture

20%

Del oxígeno de la tierra es producido por la vegetación del Amazonas. Por eso se lo llama el "pulmón" de la Tierra.

20%

of Earth's oxygen is produced by the Amazon's vegetation. That is why it is called the "lungs" of Earth.

VENENO EN EL AGUA

Los ecosistemas acuáticos están sufriendo formas de contaminación invisibles. La eutrofización y la acidificación del agua destruyen sus formas de vida y diversidad.

Eutrofización

Se llama así al fenómeno que se produce debido a un exceso de sustancias nutrientes (generalmente procedentes de actividades humanas) en un ecosistema acuático, como por ejemplo un lago, que tiene entrada de agua restringida. Esto genera bacterias y algas que consumen el oxígeno del agua, y eso obliga a las especies a abandonar su hábitat.

Eutrophication

POISON IN THE WATER

The aquatic ecosystems are suffering invisible forms of pollution. Eutrophication and acidification of water destroy different forms of life and diversity.

Acidification

Acidificación

El mar absorbe el 25% de las emisiones de CO_2. Ese alto porcentaje acidifica el agua, dañando al fitoplancton, los corales, los moluscos de concha y los crustáceos.

Peligrosos

La contaminación es la principal causante de los procesos de eutrofización. La química, la urbana, la atmosférica y la agropecuaria. Estos son algunos productos que por su alto contenido en nitrógeno, aportan las altas dosis de nutrientes que eutrofizan ríos, lagos, rías y estuarios los alteran y perjudican seriamente el desarrollo de la vida en ellos.

Detergentes

Detergents

Aceites

Oils

Fertilizantes

Fertilizers

¿SABÍAS QUE?

Corales, estrellas de mar y mejillones, entre otras especies, son como pequeños arquitectos: usan los carbonatos disueltos en el agua para construir sus conchas y caparazones. La acidificación del agua los disuelve.

DID YOU KNOW?

Corals, starfish, and mussels, among other species, are like little architects; they use carbonates dissolved in water to build their shells. The acidification of water dissolves them.

LA TIERRA ESTÁ VIVA

La Tierra no es un peñasco muerto. A diferencia de otros planetas, goza de vida en su superficie. Y su interior también está activo. Esa actividad aparece en acciones que son destructivas y creadoras a la vez. Veamos algunas de ellas:

Hipótesis Gaia

Es una hipótesis apoyada por algunos científicos, según la cual la atmósfera y la biosfera se comportan como un todo coherente que se encarga de autorregularse.

EARTH IS ALIVE

Earth is not a dead rock. Unlike other planets, it has life on its surface. And its interior is also active. Some of its activities may be destructive while others may create. Let's discover some of them.

Volcanic Eruptions

Erupciones volcánicas

La lava ardiente tiene un efecto destructor inmediato, pero con el tiempo se transforma en suelo fértil.

MÁS ACCIONES
MORE ACTIONS

Inundaciones

El desbordamiento de los ríos causa inundaciones. Pero, cuando son cíclicas, como las del Nilo, en África, sirven para fertilizar los campos.

Floods

Incendios

Cuando los bosques se incendian es una catástrofe. Pero en ciertas regiones del planeta el fuego tiene un efecto beneficioso, puesto que los sanea.

Fires

Monzón

Es un viento estacional que cae especialmente en el sur de Asia y en el océano Índico, cargado de lluvias muy fuertes. Causan inundaciones, pero son imprescindibles para obtener buenas cosechas.

Monsoon

¿QUÉ PUEDES HACER TÚ?

Mucha gente participa en organismos que se dedican de a proteger el medio ambiente voluntariamente. Puedes unirte a ellos en 5 TAREAS como estas:

1 Limpiar costas y playas

Los voluntarios retiran toneladas de plástico de las playas. ¿Sabías que las bolsas y otros productos de plástico matan a peces, tortugas, aves y mamíferos marinos?

WHAT CAN YOU DO?

You can be an eco-volunteer! Here are 5 TASKS you can easily do:

1 Clean Coasts and Beaches

2 Eliminar plantas invasoras

En algunos lugares crecen plantas que invaden un ecosistema y pueden modificarlo, como ocurre con la Arundo donax en México.

Remove Invasive Plants

3 Plantar árboles y plantas

Los árboles acumulan CO_2 y emiten oxígeno; sujetan el suelo; fertilizan la tierra, y sirven de hogar a muchas especies animales. Plantando árboles darás vida.

Plant Trees and Plants

4 Construir e instalar cajas nido

Gracias a estas sencillas cajas, los pájaros pueden hacer sus nidos en bosques con árboles maltratados por incendios u otras agresiones.

Build and Install Nest Boxes

5 Denunciar lo que está mal

La impunidad alienta nuevas agresiones contra el medio ambiente. Denúncialas frente a las autoridades o instituciones correspondientes en tu país.

Report What Is Wrong

PASOS A FAVOR DEL PLANETA

1 Reduce residuos
Elige productos sin envase.

Reduce waste

2 Separa basuras
Cada residuo en su contenedor.

Separate garbage

9 Respeta las culturas
Todos tenemos algo que aportar.

Respect cultures

8 Respeta la naturaleza
Cuida las plantas y los animales.

Respect nature

7 Ahorra energía
Apaga las luces; carga la lavadora.

Save energy

STEPS IN FAVOR OF THE PLANET

3 Usa transporte sustentable

Pedalea; usa el transporte público.

Use green transport

4 Fomenta el consumo responsable

Elige productos frescos.

Consume responsibly

5 Ahorra agua

No la malgastes y úsala con imaginación.

Save water

6 Usa energías renovables

Elige energía solar y eólica.

Use renewable energy

CORALES ENFERMOS

Los arrecifes de corales protegen las costas de la erosión, dan sustento económico a millones de personas y son el medio en el que vive el 25% de las especies de peces de todo el mundo. Pero un tercio de ellos está enfermo a causa del cambio climático y la actividad humana nociva.

SICK CORALS

Coral reefs protect coasts from erosion, provide economic support to millions of people, and are where 25% of fish species live worldwide. But one-third of the world's reefs are sick because of climate change and harmful human activity.

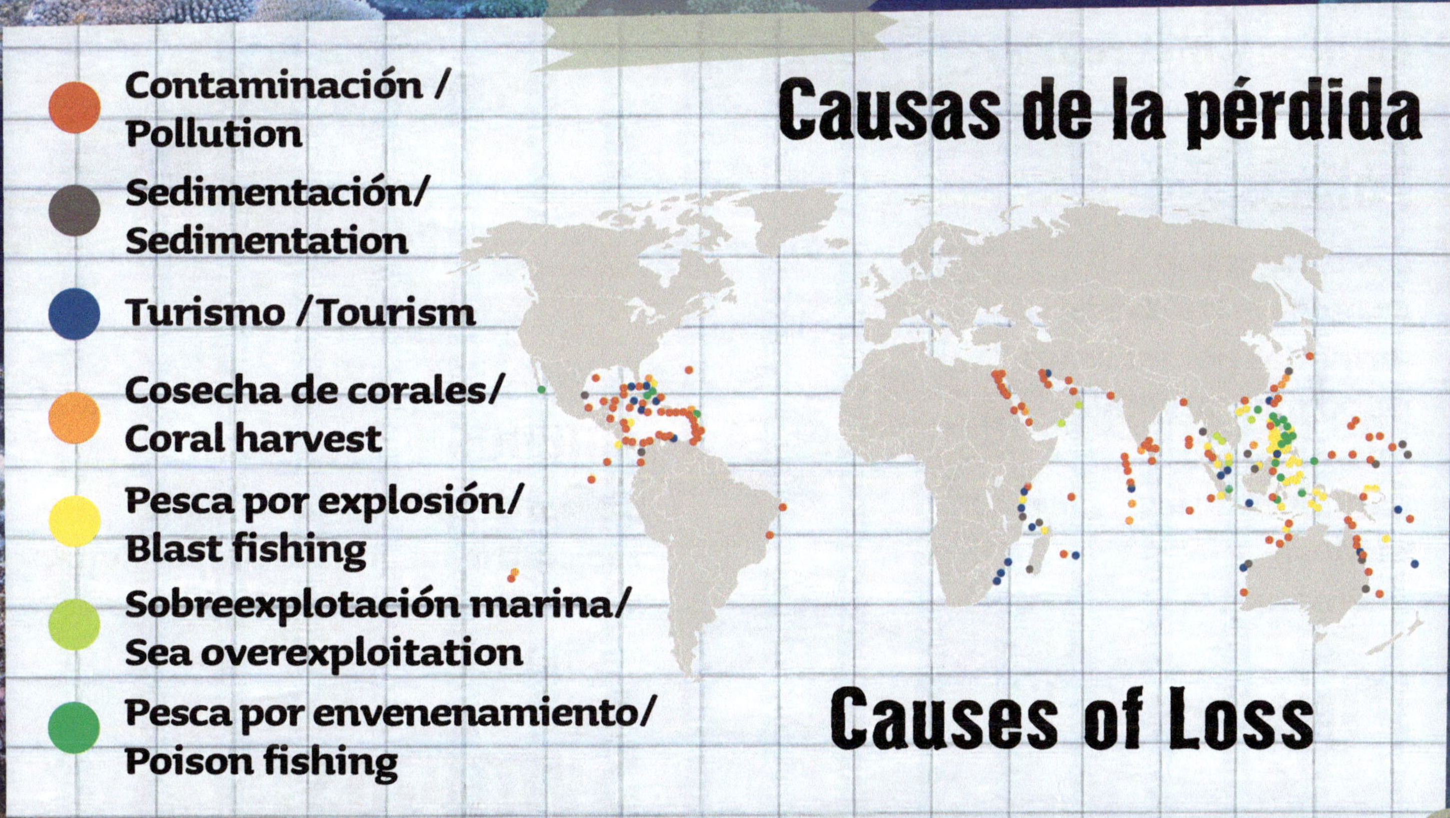

¿CÓMO ENFERMAN LOS CORALES?

Coral sano

Healthy Coral

Cuando la temperatura media del agua sube, el alga zooxanthellae abandona los pólipos, que, faltos de alimento, enferman, se vuelven blancos y mueren.

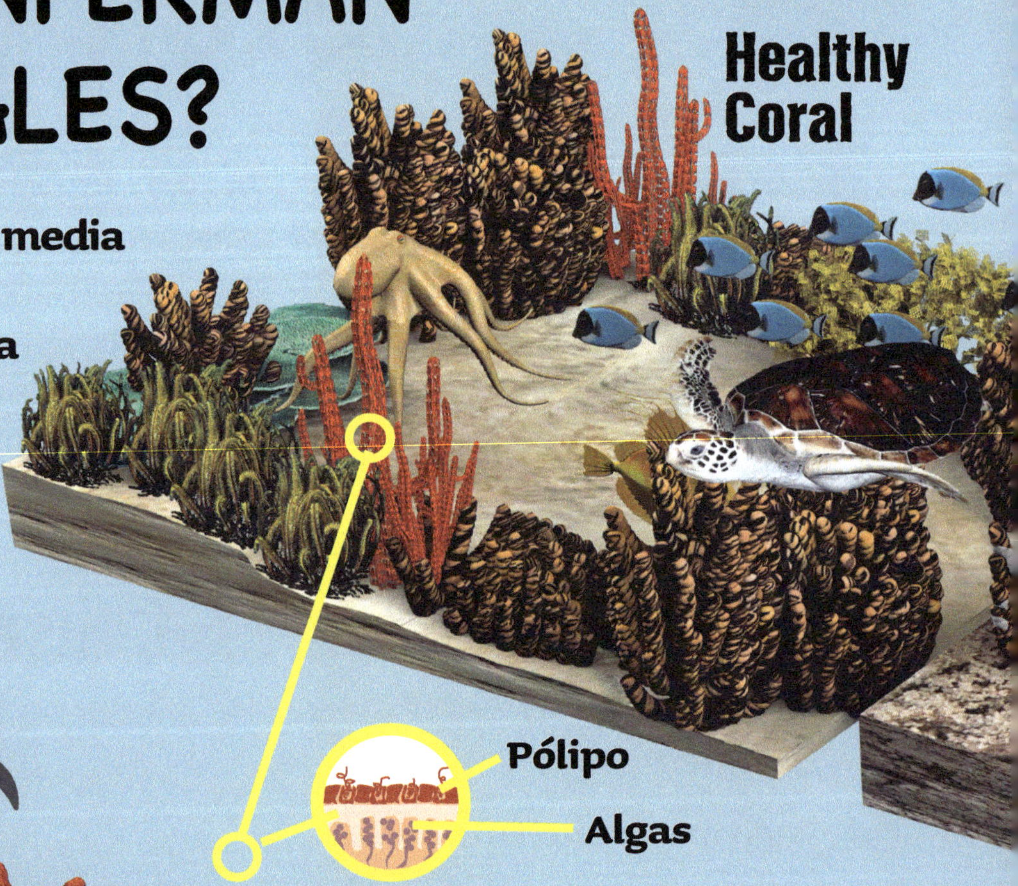

Pólipos

Los corales son grandes estructuras formadas por millones de pólipos, animales microscópicos parientes de las medusas y las anémonas.

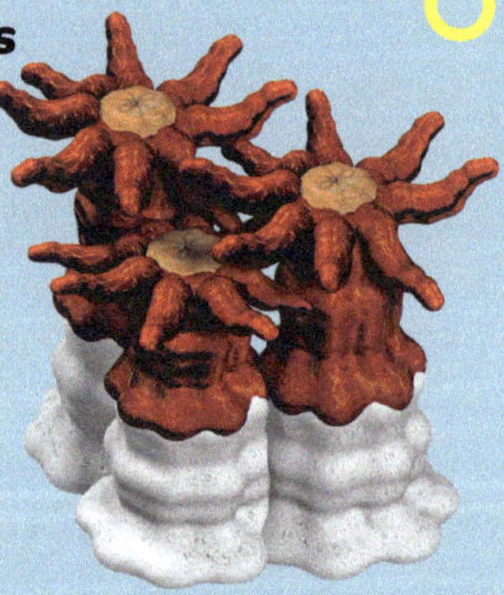

Polyps

Simbiosis

Dentro del pólipo viven algas zooxanthellae, que le proporcionan alimento. A cambio, el pólipo presta cobijo y protección al alga.

Symbiosis

Coral enfermo

Sick Coral

HOW DO CORAL REEFS GET SICK?

When the average water temperature rises, zooxanthellae algae leaves the polyps, which, lacking food, become ill, turn white and die.

Los arrecifes fantasmas

Los corales son ecosistemas antiguos, ricos y poblados. Cuando mueren, fauna y flora los abandonan.

Ghost reefs

Pueden recuperarse

Cuando enferman, los corales se blanquean. Si las algas regresan, pueden recuperarse.

Reefs can recover

CONGELACIÓN Y EROSIÓN

Con este experimento entenderás la transformación que se produjo en el paisaje terrestre a través de los distintos períodos glaciales e interglaciales que tuvieron lugar en la Edad de Hielo. El elemento principal que necesitas es una simple piedra!

NECESITARÁS:

- **1 piedra mediana**
- **1 vaso de plástico**
- **1 bolsa de plástico**
- **agua y papel**
- **1 congelador**

PASO A PASO: las explicaciones en la página siguiente.

FREEZING AND EROSION

With this experiment, you will understand the transformation of the terrestrial landscape throughout different glacial and interglacial periods that occurred in the ice age. The main material needed is a regular rock!

YOU WILL NEED:

- 1 medium-sized rock
- 1 plastic cup
- 1 plastic bag
- Water and paper
- 1 freezer

STEP BY STEP: Find the instructions on the next page!

PASO UNO
STEP ONE

Coloca la piedra dentro del vaso y cúbrela con agua. Déjala toda la noche para que se humedezca.

PASO DOS
STEP TWO

Retira la piedra del vaso y métela en una bolsa de plástico. Vuelve a poner la piedra en el vaso y déjala en el congelador 2 horas.

PASO TRES
STEP THREE

Retira la piedra del congelador y deja que se descongele hasta que el hielo se derrita y adquiera temperatura ambiente.

PASO CUATRO
STEP FOUR

Coloca un papel blanco sobre la mesa. Abre la bolsa y deja caer la piedra encima del papel desde cierta distancia. Verás cómo, tras chocar, se desprenden trozos de la piedra.

Conclusión

El agua se infiltra por las minúsculas grietas de las rocas. Al congelarse el agua, se expande con tanta fuerza que es capaz de fragmentar la roca. Con estos pequeños fragmentos se forma el suelo.